Margerin

Cuadrado

JE VEUX UNE HARLEY

La vie est trop courte !

FLUIDE GLACIAL

Merci à Thierry Tinlot, François Tarrou et Alain Calzone.
Les auteurs en profitent pour se remercier réciproquement
et chaleureusementà grands coups de claques dans le dos.
Force, honneur et bises viriles.

N° d'édition : L.32EDIN000378.C009
Éditions Audie-Fluide Glacial, 87 quai Panhard et Levassor, 75647 Paris cedex 13.
Imprimé et relié par Pollina, France. Dépôt légal mai 2012. Neuvième édition - L75965.
Diffusion France et étranger : Flammarion.
www.fluideglacial.com

Chapter 1 : Introduction

BONJOUR !
BONJOUR MADEMOISELLE !
C'EST VOTRE PREMIÈRE COLOSCOPIE ?
OUI !
VOUS DEVEZ BOIRE CE LAXATIF EN MOINS DE DEUX HEURES, IL VA NETTOYER TOUT CE QU'IL RESTE DANS VOS INTESTINS, DÈS QUE LE LIQUIDE ÉVACUÉ SERA CLAIR, VOUS M'APPELEZ AVANT DE TIRER LA CHASSE... ÇA VA ?
ÇA VA !
M'OUAIS, BOF, C'EST PAS TROP DÉGUEU...
ALORS SOPHIE, VOUS ALLEZ NOUS PARLER DU COMPOST MAISON...
OUI WILLIAM, SAVEZ-VOUS QUE...
18° À RENNES ET 21 À...
LA BOURSE DE PARIS A OUVERT EN HAUSSE ET...
GLOP GLOBLOBLE GLOBULLOB
MOINS DE DEUX HEURES PLUS TARD...
VOUS AVEZ APPELÉ ?
OUI, J'AI TOUT BU !
CETTE MERDE INFECTE !
C'EST TRÈS BIEN TOUT ÇA !
MAINTENANT VOUS ALLEZ BOIRE CETTE BOUTEILLE D'EAU EN ENTIER ET VOUS M'APPELEZ AVANT DE TIRER LA CHASSE... ÇA VA ?

AH, TE VOILÀ ! MAIS QU'EST-CE QUE TU FICHAIS ? ILS VONT VENIR ME CHERCHER D'UNE MINUTE À L'AUTRE !
VOILÀ ! VOILÀ ! JE SUIS LÀ ! CE N'EST QU'UNE COLOSCOPIE APRÈS TOUT !
QUOI ?! TU OUBLIES L'ANESTHÉSIE ! ET SI JE NE ME RÉVEILLAIS PAS.
J'TE DIS PAS, J'AI BU DEUX LITRES DE LAXATIF ET DEUX LITRES DE FLOTTE... JE COURS AUX CHIOTTES TOUTES LES DIX MINUTES, L'INFIRMIÈRE VÉRIFIE MON POPO COMME SI J'AVAIS TROIS ANS !
GLOBLOBL BLOO
BEAUTÉ
T'ES GENTIL, TU M'ÉPARGNES LES DÉTAILS !
OH ! PUTAIN ! OH ! PUTAIN !
BEAUTÉ
GLOO GLOO GLOO ! .... FROT' FROT' FROT' PSCHiiiiiiiii
BEAUTÉ
ÇA FAIT BIZARRE DE PISSER PAR LE TROU DU...
" J'AI DIT PAS DE DÉTAILS !! "
BEAUTÉ
C'EST L'HEURE !
DÉ... DÉJÀ ?!
BEAUTÉ
JE T'AIME !! TU ENTENDS ! JE N'AI JAMAIS AIMÉ QUE TOI, IL FAUT QUE TU LE SACHES !
MAIS OUI, MAIS OUI, À TOUT À L'HEURE !
BEAUTÉ
ET DIS À MES FILLES QUE LEUR PÈRE LES AIMAIT TRÈS FORT !!
BEAUTÉ
3

ET VOILÀ ! JE VOUS RAMÈNE VOTRE MARI !
CLINIQUE SAINT-JE
J'AI... J'AI TRÈS MAL AU VENTRE ! EST-CE QUE C'EST NORMAL ?
OUI, ON VOUS A ENVOYÉ DE L'AIR DANS L'ESTOMAC ...
IL FAUT VOUS METTRE SUR LE CÔTÉ POUR EXPULSER !
PROOOT! PROOT! PROOT! PROOT!
BEAUTÉ
PROOOT! PROOOOOT! PROOT!
LE DOCTEUR TARDE À VENIR, C'EST PAS BON SIGNE !
ARRÊTE UN PEU ! JE SUIS SÛRE QUE T'AS RIEN !
AH, DOCTEUR ! ALORS ?
TOUT VA BIEN ! L'EXAMEN EST NORMAL !
VOUS ÊTES SÛR ? MÊME PAS UN PETIT POLYPE ?
NON, RIEN DU TOUT...
VOUS POUVEZ ÊTRE RASSURÉ !
HÉ, J'AI RIEN !! REGARDEZ ! PAS UN POLYPE !! RIEN !
?
BON, TU VIENS !
4

DING
J'AI RIEN !! REGARDEZ, JE SUIS EN BONNE SANTÉ !
JE N'AI RIEN À VOIR AVEC CETTE PERSONNE !
CLINIQ
MERCI MON DIEU, MERCI ! QUE C'EST BON D'ÊTRE EN VIE !!
IL FAUT EN PROFITER, TANIE ! ÇA FAIT DES ANNÉES QU'ON BOSSE COMME DES MALADES. C'EST PLUS POSSIBLE DE VIVRE COMME ÇA !
LE TEMPS NOUS FILE ENTRE LES DOIGTS, MA CHÉRIE, IL FAUT PENSER À NOUS MAINTENANT.
TANIE !.. TANIE CHÉRIE !.. J'AI PRIS UNE GRANDE DÉCISION !...
ON VA ACHETER UNE HARLEY !!
5

Chapter 2 : La concession

Harley-Davidson
MOTOR HARLEY-DAVIDSON CYCLES
COMMENT TU ME TROUVES SUR CELLE-LÀ ?
C'EST UNE HARLEY, ÇA ?
BEN OUI, TU VOIS BIEN, C'EST MARQUÉ DESSUS !
ELLE EST PETITE !
900 cm³ JE SAIS PAS CE QU'IL TE FAUT !
JE CROYAIS QU'UNE HARLEY C'ÉTAIT LE TRUC AVEC LA LONGUE FOURCHE ET LE GUIDON TRÈS HAUT, COMME DANS EASY RIDER !
NON, ÇA C'EST UN CHOPPER !
ET CELLE-LÀ, COMMENT TU LA TROUVES ?
M'OUI ! ELLE EST JOLIE !... ÇA N'EXISTE PAS LES CHOPPERS HARLEY ?
SI ! ENFIN, NON, PAS EXACTEMENT, CE SONT DES MOTOS TRANSFORMÉES... WAH ! T'AS VU CES REPOSE-PIEDS ?
JE PEUX VOUS AIDER ?
DE TOUTE FAÇON ON PEUT PAS FAIRE DE LONGUES DISTANCES AVEC UN CHOPPER, LA SELLE EST RIKIKI, TU TIENDRAIS PAS 10 KILOMÈTRES ...
J'AI UN GROS CUL, C'EST ÇA ?
HARLEY-DAVIDSON
HEUM... JE...
JE VAIS VOUS LAISSER RÉFLÉCHIR !
7

BON! ON VA PAS PASSER LA NUIT ICI !... CHOISIS, TOI! MOI J'Y CONNAIS RIEN EN MOTO !
AH BON ? J'AVAIS PAS REMARQUÉ !
AH TIENS! CELLE-LÀ ELLE ME PLAIT BIEN!
MADAME A DES GOÛTS DE LUXE! ROAD KING CLASSIC, MA PRÉFÉRÉE !
JUSTE POUR INFO : ELLE FAIT TROIS FOIS LE PRIX DE CELLE SUR LAQUELLE J'ÉTAIS TOUT À L'HEURE !
HEIN? TU RIGOLES ?!
JE VAIS DEMANDER S'ILS EN ONT D'OCCASE !..
OUI! J'EN AI DEUX EN CE MOMENT, UNE GRISE ET UNE NOIRE.
HARLEY-DAVIDSON CYCLES
SI VOUS CHERCHEZ UNE OCCASION RÉCENTE J'AI CELLE-CI : UN AN ET DEMI, MÊME PAS 1000 KILOMÈTRES ...
ELLE EST ENCORE SOUS GARANTIE !
NE ME DITES PAS QU'ELLE A APPARTENU À UNE VIEILLE DAME ?!
PRESQUE! À UN MONSIEUR DE 70 ANS, IL VOULAIT UNE TOURING POUR SE BALADER AVEC SA FEMME...
MAIS IL S'EST RENDU COMPTE QU'IL AVAIT DU MAL À LA TENIR.
SA FEMME ? NON, JE DÉCONNE !!
ON PEUT L'ESSAYER ?
T'ES SÛRE QUE TU VEUX PAS VENIR PARCE QUE SUR CELLE-LÀ IL Y A UNE ÉNORME SELLE POUR TON GROS CUL !
VOUS FAITES DES RÉDUCTIONS AUX COMIQUES ?
HARLEY-DAVIDSON

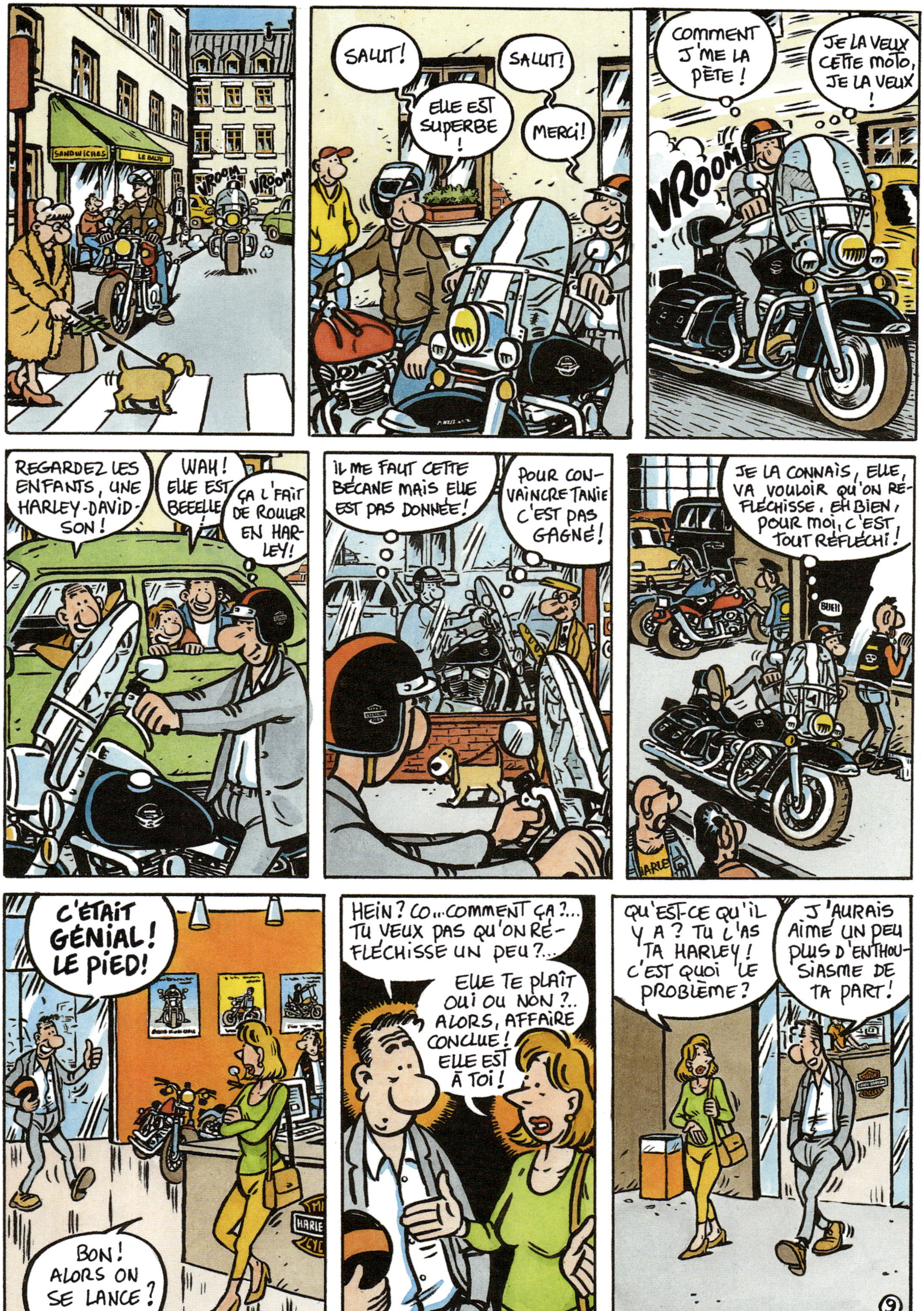
SANDWICHES
LE BALTO
VROOM
VROOM
SALUT!
ELLE EST SUPERBE!
SALUT!
MERCI!
COMMENT J'ME LA PÈTE!
JE LA VEUX CETTE MOTO, JE LA VEUX!
VROOM
REGARDEZ LES ENFANTS, UNE HARLEY-DAVIDSON!
WAH! ELLE EST BEEELLE!
ÇA L'FAIT DE ROULER EN HARLEY!
IL ME FAUT CETTE BÉCANE MAIS ELLE EST PAS DONNÉE!
POUR CONVAINCRE TANIE C'EST PAS GAGNÉ!
JE LA CONNAIS, ELLE, VA VOULOIR QU'ON REFLÉCHISSE, EH BIEN, POUR MOI, C'EST TOUT RÉFLÉCHI!
C'ÉTAIT GÉNIAL! LE PIED!
BON! ALORS ON SE LANCE?
HEIN? CO... COMMENT ÇA?... TU VEUX PAS QU'ON RÉFLÉCHISSE UN PEU?...
ELLE TE PLAÎT OUI OU NON?.. ALORS, AFFAIRE CONCLUE! ELLE EST À TOI!
QU'EST-CE QU'IL Y A? TU L'AS TA HARLEY! C'EST QUOI LE PROBLÈME?
J'AURAIS AIMÉ UN PEU PLUS D'ENTHOUSIASME DE TA PART!
9

QUELQUES JOURS PLUS TARD...
...ET SI VOUS AVEZ DES QUESTIONS, N'HÉSITEZ PAS À NOUS APPELER.
MERCI! AU REVOIR!
CLAC
VROOM!
PATATO PATATO PATATO PATATO PATATO
TU MONTES ?
PATAT
PATATO PATATO
HÉ! HÉ! HÉ! DOUCEMENT!
PATAT
PATATO PATATO
QUOI?
T'ES FOLLE OU QUOI?! FAUT PAS T'ACCROCHER À MON ÉPAULE COMME ÇA!!!
T'AS FAILLI NOUS FAIRE TOMBER!!
CLAC!
VROOOOOM! VROOM!
ÇA COMMENCE BIEN!
VROOOOOO
ALORS? C'EST CHOUETTE, HEIN? ÇA CHANGE DE MA SUZUKI 125!
ÇA VIBRE BEAUCOUP! T'ES SÛR QU'ELLE N'A PAS UN PROBLÈME?
C'EST NORMAL QUE ÇA VIBRE, C'EST UNE HARLEY!
EN TOUT CAS, SUR LA 125, ÇA VIBRAIT PAS!
ÇA COMMENCE BIEN!
CLAC
VROOM VROOM
10

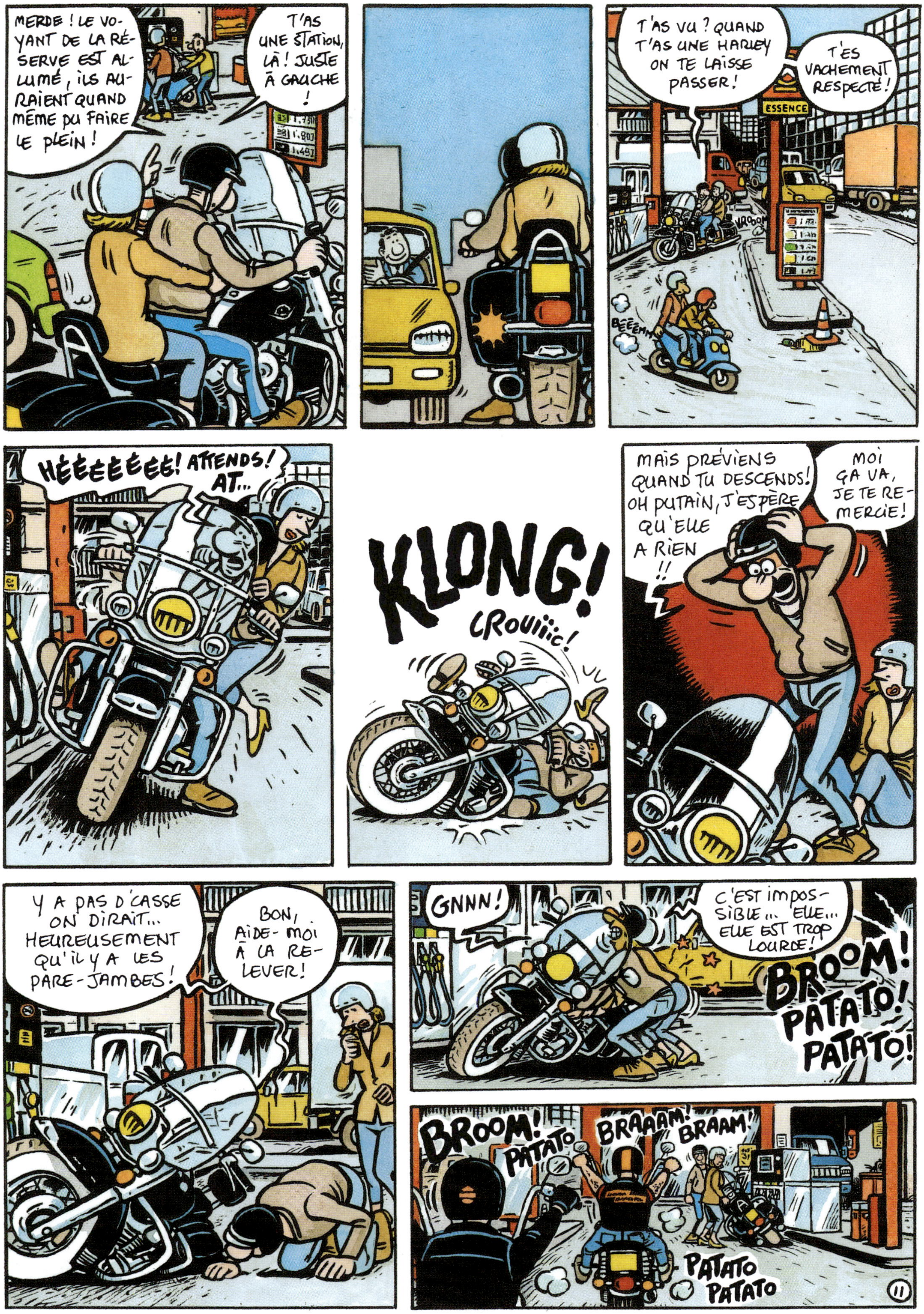
MERDE ! LE VOYANT DE LA RÉSERVE EST ALLUMÉ, ILS AURAIENT QUAND MÊME PU FAIRE LE PLEIN !
T'AS UNE STATION, LÀ ! JUSTE À GAUCHE !
T'AS VU ? QUAND T'AS UNE HARLEY ON TE LAISSE PASSER !
T'ES VACHEMENT RESPECTÉ !
ESSENCE
HÉÉÉÉÉÉÉ! ATTENDS! AT...
KLONG!
CROUIIIC!
MAIS PRÉVIENS QUAND TU DESCENDS! OH PUTAIN, J'ESPÈRE QU'ELLE A RIEN !!
MOI ÇA VA, JE TE REMERCIE!
Y A PAS D'CASSE ON DIRAIT... HEUREUSEMENT QU'IL Y A LES PARE-JAMBES!
BON, AIDE-MOI À LA RELEVER!
GNNN!
C'EST IMPOSSIBLE... ELLE... ELLE EST TROP LOURDE!
BROOM! PATATO! PATATO!
BROOM! PATATO
BRAAAM! BRAAM!
PATATO PATATO
11

AH BRAVO! J'AI PAS L'AIR CON MAINTENANT!
SALUT! LE TRUC IDIOT! MON PIED A GLISSÉ SUR DE L'HUILE OU JE NE SAIS QUOI!
JE TE MONTRE LA TECHNIQUE!
TU T'ASSOIES SUR LE BORD DE LA SELLE, TU TIRES LE GUIDON VERS TOI ET TU ATTRAPES UN POINT SOLIDE AVEC L'AUTRE MAIN...
T'AS PLUS QU'À POUSSER SUR TES JAMBES!
JAMAIS AVEC TON DOS!
À CAUSE DE TOI JE ME SUIS PRIS LA HONTE!
AU MOINS TU AURAS APPRIS QUELQUE CHOSE!
TU POURRAS T'ARRÊTER AU TABAC, J'AI PLUS DE CIGARETTES?..
TABAC
JE SUIS GARÉ EN PENTE!
VROOM BRAAM
J'ARRIVE PAS À RECULER!
UTILISE TA MARCHE ARRIÈRE!!
HEIN? MAIS J'AI PAS DE MARCHE ARRIÈRE!
BRAAAM VROOM BRAAM PATATO
TABAC
ELLE EST ASSISE DERRIÈRE TOI!
TU VOIS? TOI AUSSI TU AURAS APPRIS QUELQUE CHOSE!
BANDE DE MACHOS!
12

LES DIFFICULTÉS CONJONCTURELLES METTENT EN ÉVIDENCE LA FORCE DU PROJET D'ENTREPRISE DE KIFASSUR ...
SSUR
FLUIDE GLACIAL
CETTE ANNÉE ENCORE, NOTRE GROUPE A MONTRÉ SA CAPACITÉ À CONFORTER SES POSITIONS SUR LE MARCHÉ EUROPÉEN...
RÉSULTATS NETS ... BLA BLA... PARTENARIATS STRATÉGIQUES BLABLA ... PRINCIPES D'ACTION MUTUALISTES... BLA BLA ...
BLIINN!
DISTRIBUTION MULTICANAL BLA BLA BLA ... TRANSVERSALITÉ ET EXPLOITATION DES ÉNERGIES... BLA BLA BLA...
EXCUSEZ-MOI, JE DOIS M'ABSENTER ...
UNE URGENCE ... UN DOSSIER COMPLIQUÉ !
JE COMPTE SUR VOUS POUR ÊTRE LÀ À ONZE HEURES, ALAIN! LE NOUVEAU D.G VEUT RENCONTRER TOUS LES CADRES!
ONZE HEURES, PAS DE PROBLÈME!
LA SECRÉTAIRE M'A DIT QU'ON NE POUVAIT PAS TE DÉRANGER ALORS COMME TU M'AS DIT D'INSISTER JE T'AI ENVOYÉ UN S.M.S!
T'AS BIEN FAIT !
ILS ME SAOULENT AVEC LEURS RÉUNIONS!
13

SALUT!
SALUT!
ALORS, TU ME MONTRES LA BÊTE?
BIZ!
BIZ!
TU TE LAISSES POUSSER LA BARBE?
HEIN? AH OUI, J'AIME BIEN!
TA SOEUR AUSSI, D'AILLEURS!
QUOI? MYLÈNE SE LAISSE POUSSER LA BARBE?
HA! HA! T'ES TROP, TOI!
KIFASSU
KIFASSU
POUR UNE PREMIÈRE HARLEY TU AS FAIT FORT! ELLE EST MAGNIFIQUE! BIENVENU AU CLUB!
MÉCHANT RÉSERVOIR! PLUS GROS QUE SUR MON STREET BOB... T'AS LE CRUISE CONTROL!
OUI! ET L'ABS AUSSI!
JE PEUX L'ESSAYER?
BIEN SÛR! PAS DE PROBLÈME!
T'ES SÛR? JE SAIS QUE TU ES DU GENRE MANIAQUE!
HA! HA! MAIS NON, AVEC TOI JE SUIS TRANQUILLE! TIENS, GARDE LE BOÎTIER DANS TA POCHE, Y A PAS DE CLÉ DE CONTACT.
JE CONNAIS, C'EST SUPER PRATIQUE!
FAITES QU'IL NE SE PLANTE PAS! FAITES QU'IL NE SE PLANTE PAS!
TÛÛÛT
VROOO

PIIIP
TUUUT
MERDE ! J'AURAIS PAS DÛ PASSER PAR LÀ, C'EST COMPLÈTEMENT BOUCHÉ !
QU'EST-CE QU'IL A LUI ? SI TU CROIS QUE JE SALUE LES BLAIREAUX EN BAVAROISE.... TU M'AS BIEN VU, TÊTE DE CUL ?
?!
VROOM
VROOM !
CLAC !
ALORS ?
SYMPA ! UN PEU ENCOMBRANT DANS LA CIRCULATION...
MAIS SINON C'EST UN VRAI VÉLO !
POK !
ON SE FAIT UNE PETITE VIRÉE CE WEEK-END ?
OK ! MAIS IL FAUDRA QUE TU PASSES EN STAGE 1 SI TU VEUX ME SUIVRE...
ALLEZ, ON S'APPELLE !
11 HEURES...
AH, ALAIN, VOUS ÊTES LÀ !
ÉDOUARD DE MONTCLAR EST NOTRE NOUVEAU DIRECTEUR GÉNÉRAL... ALAIN CALZONE, RESPONSABLE DU SERVICE INFORMATIQUE.
ENCHANTÉ !
JE VOIS QUE VOUS ÊTES UN PASSIONNÉ DE HARLEY MOI JE SUIS PLUTÔT BMW !
DÉSOLÉ POUR VOUS, HA ! HA ! HA !
NOBODY'S PERFECT !
AVANT QUE J'OUBLIE... DEVANT LES EMPLOYÉS, JE PRÉFÈRE QUE VOUS M'APPELIEZ MONSIEUR DE MONTCLAR...
"TÊTE DE CUL" ÇA L'FAIT PAS !
OUPS !
15

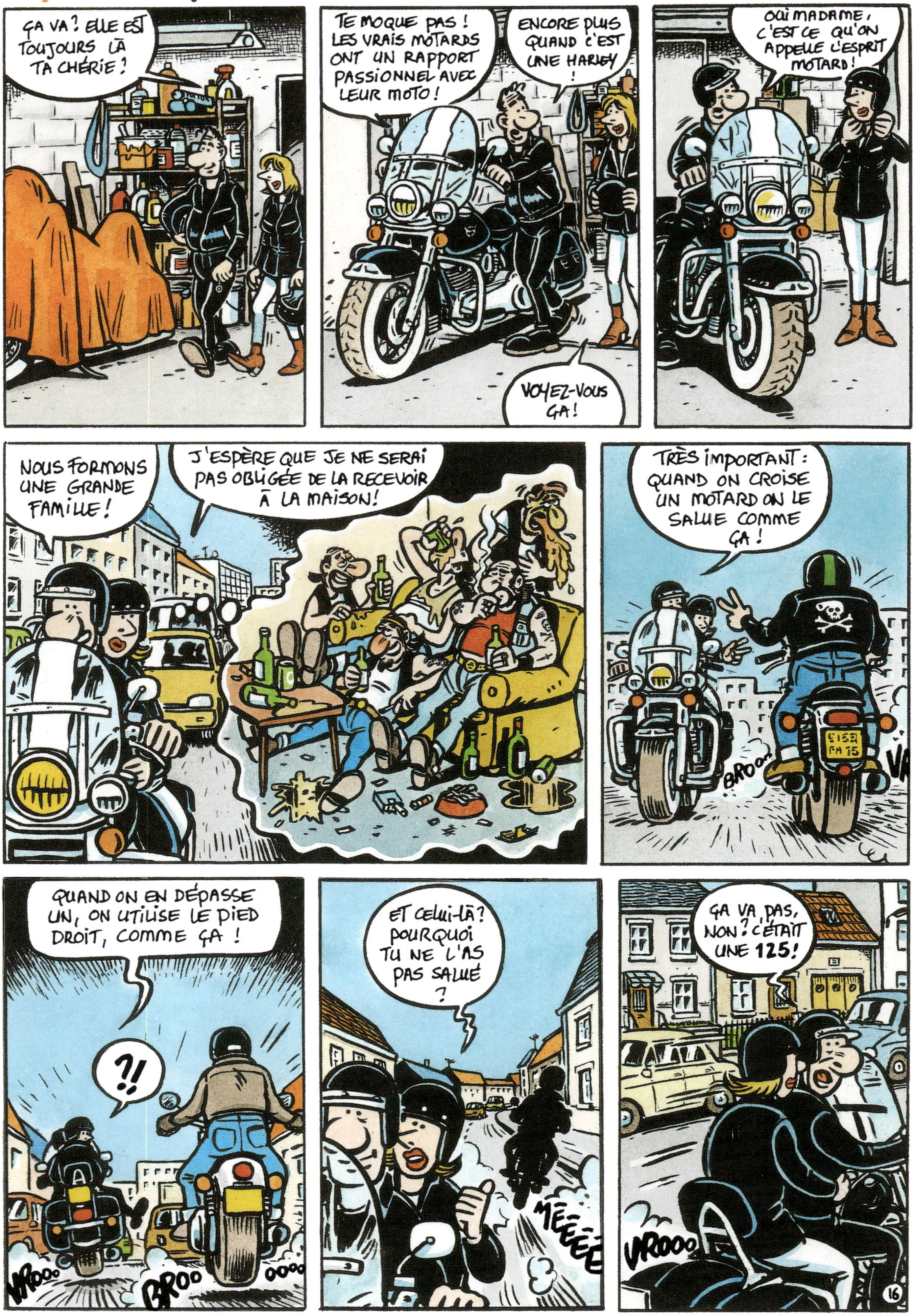
ÇA VA ? ELLE EST TOUJOURS LÀ TA CHÉRIE !
TE MOQUE PAS ! LES VRAIS MOTARDS ONT UN RAPPORT PASSIONNEL AVEC LEUR MOTO !
ENCORE PLUS QUAND C'EST UNE HARLEY !
VOYEZ-VOUS ÇA !
OUI MADAME, C'EST CE QU'ON APPELLE L'ESPRIT MOTARD !
NOUS FORMONS UNE GRANDE FAMILLE !
J'ESPÈRE QUE JE NE SERAI PAS OBLIGÉE DE LA RECEVOIR À LA MAISON !
TRÈS IMPORTANT : QUAND ON CROISE UN MOTARD ON LE SALUE COMME ÇA !
BROO
QUAND ON EN DÉPASSE UN, ON UTILISE LE PIED DROIT, COMME ÇA !
?!
VROOO
BROO
OOOO
ET CELUI-LÀ ? POURQUOI TU NE L'AS PAS SALUÉ ?
MÊÊÊÊÊ
ÇA VA PAS, NON ? C'ÉTAIT UNE 125 !
VROOO
16

AH, MERDE!
QUOI?
VROO
VROOOO
JE VIENS DE SALUER UN SCOOTER!
AH BON? EUX NON PLUS, FAUT PAS LES SALUER?
BEN NON, ILS NE FONT PAS PARTIE DE LA FAMILLE MAIS AVEC LEUR DOUBLE-PHARE, DES FOIS, JE ME FAIS AVOIR!
ET LUI ALORS? C'EST UN GROS CUBE. POURQUOI TU NE LE SALUES PAS ?
EN TEE-SHIRT ET BASKETS? PFFF! C'EST UN RIGOLO!
PHOOO
BONJOUR LE SECTARISME!
L'ESPRIT MOTARD C'EST AUSSI S'ARRÊTER QUAND L'UN DES NÔTRES EST EN PANNE.
VRROO
UN PROBLÈME?
JE PEUX T'AIDER?
ENTRE MOTARDS LE TUTOIEMENT EST DE RIGUEUR!
J'AURAIS DÛ ACHETER UN CARNET...
POUR PRENDRE DES NOTES!
J'AI EU UNE COUPURE D'ALLUMAGE. T'AS DÉJÀ EU ÇA, TOI?
HEU... NON!
JE M'Y CONNAIS PAS DES MASSES EN MÉCANIQUE!
T'AS UN JEU DE CLÉS ALLEN?
EUH... NON! DÉSOLÉ!
MAIS J'AI UN PORTABLE AU CAS OÙ TU VOUDRAIS TÉL...
BON... BEN!
AIMABLE, LA NOUVELLE FAMILLE, CELA DIT ÇA ME CHANGERA PAS BEAUCOUP DE LA TIENNE!
VROOOOO
17

PLUS TARD...
ON PEUT S'ARRÊTER AU BAR ? JE VOUDRAIS FUMER UNE CIGARETTE !
ÇA TOMBE BIEN, IL FAUT QUE JE TE PARLE !
QU'EST-CE QU'IL SE PASSE ?
IL Y A UN PROBLÈME ?
JE VOUDRAIS SAVOIR ... EST-CE QUE TU FAIS LA TRONCHE ?
QUOI ? MAIS NON, PAS DU TOUT ! TOUT VA BIEN !
NON, JE VEUX DIRE, QUAND ON ROULE, LÀ, SUR LA MOTO... EST-CE QUE TU FAIS LA TRONCHE ?
BEN NON, POURQUOI ?
BAR DES
TARROU
EH BEN VOILÀ, T'AS TOUT FAUX !
EN HARLEY, IL FAUT FAIRE LA GUEULE. C'EST CE QUI NOUS DISTINGUE DES AUTRES MOTARDS... ÇA FAIT GENRE "JE SUIS UN REBELLE, FAUT PAS VENIR ME FAIRE CHIER !"
IL FAUT ÊTRE CRÉTIN POUR FAIRE LA TRONCHE SUR UNE MOTO DE CE PRIX-LÀ !
JE TE DEMANDE PAS LA LUNE ... EN PLUS, FAIRE LA GUEULE C'EST NATUREL POUR VOUS, LES BONNES FEMMES !
DEUX CAFÉS, S'IL VOUS PLAÎT !
ET PUIS TON PANTALON, LÀ, C'EST PAS POSSIBLE !
QU'EST-CE QU'IL A MON PANTALON ?
MOTO NOIRE, BLOUSONS NOIRS, CASQUES NOIRS, LUNETTES NOIRES, TU VEUX QUE JE TE FASSE UN DESSIN ?
18

SUR MA HARLEY C'EST "BLACK ONLY"!
OH! EXCUSEZ-MOI MON ADJUDANT! J'AVAIS PAS LU LE RÈGLEMENT...
ET LA COLÈRE NOIRE, TU CONNAIS ?
TU M'ÉNERVES! BON, ON Y VA ?!
UNE MINUTE, JE FINIS MON CAFÉ!
TAP TAP TAP TAP
OUI, C'EST ÇA!... LÀ, TU AS UN AIR MÉCHANT, SURTOUT NE CHANGE RIEN!
FAUT PAS VENIR ME FAIRE CHIER, MOI!!
EXCELLENT! TU LE TIENS BIEN, LÀ!
MAIS T'ES PAS OBLIGÉE DE CRIER... JUSTE LA TRONCHE!
VROOO
KESTATA? T'AS UN PROBLÈME? TU VOIS PAS QU'ON EST DES REBELLES?
PSG
?!
PATATO PATATO PATATO
C'EST À MOI QUE TU PARLES, CONNASSE ?
T'AS ENTENDU? IL M'A TRAITÉE DE CONNASSE! PÈTE-LUI LA GUEULE!
MAIS IL T'A RIEN FAIT!
POURQUOI TU L'AGRESSES COMME ÇA?
EUH! ON RESTE CALME! OK?
PATATO PATATO PATATO
TU TE CROIS DRÔLE, PEUT-ÊTRE?
J'AIME QUAND TU FAIS TA TÊTE DE REBELLE!
TAPETTE!!
VROOOM
19

Chapter 5 : Le forum

JEKIFFEHARLEY.COM
CE FORUM EST OUVERT À TOUS LES PASSIONNÉS DE HARLEY-DAVIDSON.
CLIC! CLIC! CLIC!
KEVIN 75
horsligne
• POSTÉ LE 21 MARS
BONJOUR, JE ME PRÉSENTE. J'AI 17 ANS ET JE RÊVE DE ROULÉ UN JOUR EN HARLEY. J'ADORT LE BRUIS ET LES CROMES DE CETTE MOTO MITIQUE. MERCI DE M'ACCEUILLIR SUR LE FORUM.
EUX, EN REVANCHE, ILS LAISSENT ENTRER N'IMPORTE QUI SUR LE FORUM !
CLIC!
HAPPYBIKERS.COM
ICI TOUTES LES MARQUES SANS DISTINCTION, PEU IMPORTE LA MONTURE POURVU QUE LE PLAISIR SOIT LÀ.
HUGUETTE 84
ÂGE 62 ANS MARIÉE DEUX ENFANTS
SUJET: "ÇA Y EST" MA YAMAHA 125 SR EST ARRIVÉE. ELLE EST MAGNIFIQUE, ELLE TOURNE COMME UNE HORLOGE. JE L'ADORE!
JEKIFFEHARLEY.COM
BIGTWINS.COM
HAPPYBIKERS.COM
PATATO.COM
HARLEYLOUYA.COM
DJIIIIIII
CLOC!
DJIIIIIII
TIP TIP TIP TIP TIP TIP
ÇA Y EST? T'AS TOUVÉ UN FORUM?
SPIRIT HARLEY?
LES GROS CONS?!!
TIP TIP TIP TIP
TOUT DE SUITE LES GRANDS MOTS!
ILS ONT RAISON D'ÊTRE EXIGEANTS. ROULER EN HARLEY C'EST PAS DONNÉ À N'IMPORTE QUI!
BON, TU ME LAISSES, JE SUIS OCCUPÉ!
21

SALUT M'MAN! ON ÉTAIT DANS LE COIN, ON PASSE JUSTE VOUS DIRE BONJOUR.
'JOUR M'MAN!
C'EST GENTIL!
IL EST OÙ, P'PA?
VOTRE PÈRE EST TRÈS OCCUPÉ. IL S'EST INSCRIT SUR UN FORUM, FIGUREZ-VOUS!
BIZ!
SUR UN FORUM? PAPA?
J'Y CROIS PAS!
SALUT P'PA!
AH! MES BEAUTÉS!
BIZ!
C'EST QUOI COMME FORUM?
C'EST SUR LES HARLEY... IL Y A DES TAS DE TRUCS!
TIENS! VOUS CONNAISSEZ LE P'TIT CAFÉ?
NON!
NON!
LE P'TIT QU'A FAIT DANS SA CULOTTE!!
JE VIENS DE LA LIRE SUR LE FORUM, Y A UNE RUBRIQUE "BLAGOUNETTES"!
COOL!
COOL!
22

BON, ON Y VA !
VOUS NE RESTEZ PAS MANGER ?
NON, ON DOIT RETROUVER ADÈLE ET QUENTIN AU FUZZ...
BYE !
BYE, M'MAN !
ET NE RENTREZ PAS SEULES CE SOIR... OU ALORS, PRENEZ UN TAXI !
EST-CE QUE TU VAS PASSER TOUTE LA SOIRÉE DEVANT TON ORDI ? TU PEUX PARLER DE TES FILLES AVEC FACEBOOK.
MARCUS
QUOI ?! TU AS MIS UNE PHOTO DE MOI ?
ALORS LÀ, TU VAS M'ENLEVER ÇA TOUT DE SUITE !
OH ! ÇA VA ! C'EST POUR LE TROMBINOSCOPE !
EH BIEN TU LA REMPLACES PAR UNE PHOTO DE TOI TOUT SEUL !
J'AI PAS ENVIE D'ÊTRE SUR TON FORUM DE MACHOS !
TOUT DE SUITE LES CLICHÉS ! DE TOUTE FAÇON C'EST TROP TARD, JE NE PEUX PAS L'ENLEVER !
JEFF
MIGNONNE LA BLONDE, T'AS SON PHONE ?
TANIE ? VIENS VOIR, T'AS UNE TOUCHE ! Y EN A UN QUI TE TROUVE MIGNONNE ! TANIE ?
ÇA Y EST ! ELLE FAIT LA GUEULE !
AH, J'TE JURE !!
C'EST QUI ?
Y A SA PHOTO ?
IL A QUEL ÂGE ?
23

Chapter 6 : Le bruit

VROOAARR VROOM PATATO PATATO PATATO
?
QU'EST-CE QUE TU REGAR...
CHUT!
PATATO PATAT PATATO
JE VOUDRAIS CHANGER MES POTS D'ÉCHAPPEMENT, ALORS J'ÉCOUTE LES BRUITS DES HARLEY QUE DES GARS ONT POSTÉS SUR YOUTUBE.
QUOI ? MAIS ELLE EST PRESQUE NEUVE TA MOTO...
PATATO PATATO PATATO PATATO PATATO PATATO
POURQUOI TU VEUX LES CHANGER ?
JE T'EXPLIQUE LE PROBLÈME :
INJECTION EURO 3 NORMES ANTI-POLLUTION.
ÉCHAPPEMENT ÉTOUFFÉ
MOTEUR CHAUFFE
CONSO ESSENCE AUGMENTE
SOLUTION
LIBÉRER ÉCHAPPEMENT AVEC D'AUTRES POTS
BONUS
BRUIT SYMPA
GAIN DE COUPLE
T'AS COMPRIS ?
JE COMPRENDS SURTOUT QUE TU VAS ENCORE DÉPENSER DE L'ARGENT. EH BIEN MOI JE SUIS PAS D'ACCORD !
MAIS ALAIN LES A CHANGÉS, LUI !! ET MYLÈNE N'A RIEN DIT !
BIP BIP BIP BIP BIP
ALAIN ? C'EST MARC ! T'AS DEUX MINUTES ? VA SUR YOUTUBE ET TAPE "VANCE & HINES MONSTER OVALS" !
JE VOUDRAIS TON AVIS...
ALORS ?
ILS ONT UN SUPER SON. LANCE-TOI ! FAIS PÉTER TA CARTE BLEUE !
VROOA! VROOM!
PATATO PATATO PATATO PATATO

UNE SEMAINE PLUS TARD ...
BONNE JOURNÉE !
MERCI ! AU REVOIR !
CHÉRIE ! ÇA Y EST, J'AI MES POTS !
ON IRA BOIRE UN POT POUR FÊTER ÇA !
HA ! HA ! HA !
J'AI PAS ENVIE DE RIRE !!
HÉ ! HÉ ! HÉ ! JE VAIS LES INSTALLER TOUT DE SUITE !
C'EST ÇA ! POUR TA MOTO, TU ARRIVES À TROUVER DU TEMPS ALORS QUE ÇA FAIT DES MOIS QUE JE TE DEMANDE D'ACCROCHER DEUX TABLEAUX DANS LE SALON !!
JE M'EN OCCUPERAI APRÈS, C'EST PROMIS ! LAISSE-MOI JUSTE FAIRE ÇA, J'AI LE DROIT DE PENSER UN PEU À MOI DE TEMPS EN TEMPS, MERDE !
OH, PARDONNE-MOI, MON POUSSIN ! QUELLE ÉGOÏSTE JE SUIS !
EH BIEN, VOILÀ ! C'ÉTAIT PAS TRÈS COMPLIQUÉ !
CLAC ! BROAAM ! PATATO PATATO PATATO PATATO PATATO PATATO
PATATO PATATO PATATO PATATO PATATO
BIP BIP BIP
PATATO PATATO
PATATO PATATO PATATO PATATO
ÉCOUTE ÇA, ALAIN ! ÉCOUTE !
26

ALORS, T'ES PRÊTE ?
JE FINIS DE PRÉPARER LE PIQUE-NIQUE. T'AS FAIT LE THERMOS DE CAFÉ, COMME JE T'AI DEMANDÉ ?
HEIN ? TU M'AS RIEN DEMANDÉ !
TU NE M'ÉCOUTES JAMAIS. BON, ON LE PRENDRA DANS UN BAR !
TU NE VAS QUAND MÊME PAS LA DÉMARRER ICI ?
POURQUOI ?
PARCE QU'IL EST 8 HEURES DU MATIN, QU'ON EST SAMEDI ET QUE JUSQU'À PRÉSENT, ON A TOUJOURS EU D'EXCELLENTS RAPPORTS AVEC LE VOISINAGE.
JE ME FOUS DES VOISINS !
CLAC ! VRAOUM ! PATATO PATATO PATATO PATATO
BON ! ALLEZ, ON Y VA, LÀ !
ON IRA QUAND JE LE DÉCIDERAI. JE DOIS D'ABORD LA FAIRE CHAUFFER !
PATATO PATATO
WOOOO WOOOO WOOO
WOOWEEE WOOWEEE WOOOWEEEE WOOOWEEEE
LE BRUIT A DÉCLENCHÉ LES ALARMES DES VOITURES !!! TU VOIS ! TU VOIS !
PATATO PATATO
PATATO PATAT PATATO
ON SE CASSE ! VITE, MONTE !! MAIS GROUILLE !!
QU'EST-CE QUE TU FOUS ?!
MEEERDE LES FLICS !!
VROOM PATATO
COOL ! TOUT DOUX SURTOUT NE PAS FAIRE DE BRUIT !
27

Chapter 7 : Le HOG*

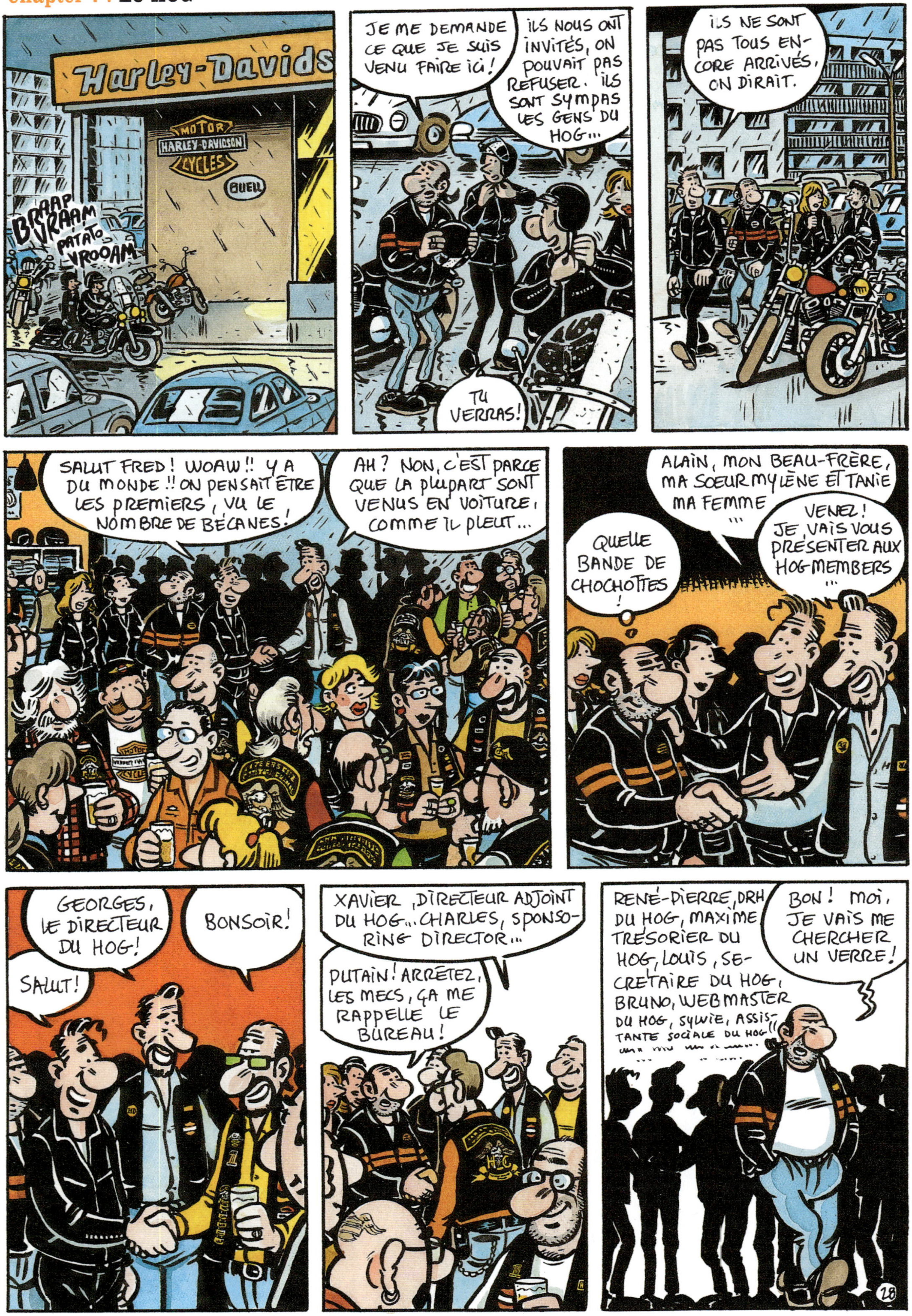

* : Harley Owners Group

... ET LÀ, CE SONT NOS TROIS ENFANTS : HURLEY, DAVE, HUDSON.
ILS SONT TRÈS MIGNONS ! FÉLICITATIONS !
ET ÇA, C'EST V TWIN NOTRE CHIEN ET LA CHATTE ELECTRA.
DÉSOLÉ, ON A PAS DE JACK DANIEL'S. BIÈRE ?
J'AI PAS TROP LE CHOIX !
C'EST PAS DE LA SANS ALCOOL, J'ESPÈRE ?
J'AI APPRIS QUE FLOUZINVEST ALLAIT LANCER UN GROS PROGRAMME IMMOBILIER. SI TU VEUX, JE PEUX METTRE TON AGENCE DE PUB SUR LE COUP...
AH OUI, ÇA M'INTÉRESSE !
AH, T'ES LÀ ! ON TE CHERCHAIT !
UNE AUTRE BIÈRE, S'TE PLAIT !
HARLEY
DES PROMOTEURS, DES PUBLICITAIRES, DES AVOCATS... C'EST PAS UN CLUB DE BIKERS, C'EST LE ROTARY !
UNE BIÈRE POUR MOI AUSSI !
ÇA A PAS L'AIR D'ÊTRE DES MARRANTS, TES COPAINS !
MERCI !
DÉSOLÉ, MAIS ON NE FUME PAS À L'INTÉRIEUR !
29

ET SI VOUS ENTREZ DANS LE HOG, VOUS FEREZ PARTIE DU "LADIES OF HARLEY" COMME NOUS.
C'EST VRAI QUE ÇA DONNE ENVIE, HEIN, MYLÈNE ?
POURQUOI PAS !
MAIS ÇA M'ÉTONNERAIT QUE MON MARI ...
VOUS COMMENCEZ À ME FAIRE CHIER AVEC VOTRE CLUB DE MES DEUX !!
SOIT D'ACCORD !
ÇA SE PREND POUR DES BIKERS MAIS ÇA ROULE QUE LE WEEK-END, ET ENCORE QUAND IL PLEUT PAS !!
BON ! ON VA VOUS LAISSER, IL SE FAIT TARD !
CH'UIS UN REBELLE, MOI !! UN REBELLE, VOUS M'ENTENDEZ ?!
AVIGNON BRIDGE CHAPTER FRANCE
BON, ON DÉGAGE !
UN PEU QU'ON DÉGAGE !
ON VA AU BALTO ?
NON ALAIN, TU AS ASSEZ BU COMME ÇA !!
VROOOOM
PATATO
VRAOOM
VRAP
MERDE ! LES FLICS !!
POLICE
BONSOIR ! VEUILLEZ PRÉSENTER LES PAPIERS DU VÉHICULE !
MERDE ! LES FLICS !
POLICE
30

AH SHIT ! JE CROIS QUE JE LES AI LAISSÉS DANS MON AUTRE BLOUSON...
AYAYAÏE !!
TU SAIS CE QU'ON VA FAIRE, MON GRAND ? JE TE LES AMÈNE DEMAIN AU COMMISSARIAT. ON FAIT COMME ÇA, D'ACCORD ?
POLICE
VOUS AVEZ BU DE L'ALCOOL, MONSIEUR ?
BAH, PRESQUE RIEN !
HUIT, DIX BIÈRES TOUT AU PLUS... Y AVAIT PAS DE WHISKY À LA PETITE SAUTERIE DES BLAIREAUX.
DESCENDEZ DE VOTRE MOTO ET SUIVEZ-MOI DANS LE FOURGON.
QUOI ?! TU RIGOLES ?
ALAIN !
T'FAIRFOUT' !
ALAIN !
CLAC !
VRAOM
POLICE
COUPEZ VOTRE MOTEUR, MONSIEUR !
BORN TO BE WIIIIIILD !!
POLICE
VRAO
POLICE
VROAAR
RROAR
OH, LE CON !
VITE, RATTRAPE-LES !!
31

PIN PON PIN PON PIN
VROOOOAAAAA
J'TE JURE, UNE BAGNOLE DE FLICS ESCORTÉE PAR DEUX HARLEY... J'AI JAMAIS VU ÇA!
PIN PON PIN PON
VROOMM VROOMM
POLICE
NIQUE LA POLICE
FUCK
?!
CRIC! CRAC!
ENFIN, ON ME LAISSE SORTIR. C'EST PAS TROP TÔT!
TU PEUX DIRE MERCI À GEORGES, LE DIRECTEUR DU HOG. FIGURE-TOI QU'IL EST DE LA MAISON!
OK, ÇA MARCHE! ON VA L'ATTENDRE ALORS. MERCI FRED!
POLICE!
GRMMUU... MERCI!
EN REVANCHE, PAS QUESTION DE REPRENDRE LA MOTO CE SOIR...
TU VIENDRAS LA CHERCHER DEMAIN.
HEIN?! ET COMMENT J'VAIS RENTRER?
LE PREMIER QUI RIGOLE...
J'AI PAS ENVIE DE RIGOLER, MOI!
32

T'AS VENDU DE LA DROGUE À MON EX-FEMME ENCEINTE, ESPÈCE DE SALE ENCULÉ !
PAF! CRASH!
TIENS! PRENDS ÇA !!
DRIIING DRIIING
J'Y VAIS!
IL EST DANS QUEL ÉTAT?
LA JOUE ÉCLATÉE, LE NEZ FRACTURÉ ET LA COUILLE GAUCHE QUI SE BALADE EN SOLO.
ALLÔ? BONSOIR ALAIN!
TIENS! C'EST ALAIN!
MOI, JE VAIS ME COUCHER!
OK! J'ARRÊTE LE DVD. ON REGARDERA LA SUITE DEMAIN.
NON, CONTINUE SANS MOI...
CLIC!
DE TOUTE FAÇON, JE TROUVE ÇA COMPLÈTEMENT DÉBILE.
COMMENT ÇA "DÉBILE" ?! ET TES SÉRIES ROMANTIQUES, LE GENRE DE CONNERIES QUE JE ME TAPE POUR TE FAIRE PLAISIR, C'EST PAS DÉBILE PEUT-ÊTRE?
BONNE NUIT, MON AMOUR!
SALUT ALAIN ! TANIE TROUVE "SONS OF ANARCHY" DÉBILE. TU LE CROIS, ÇA ?
OUAIS J'AI ENTENDU!
DIS, JE PENSAIS UN TRUC... MAINTENANT QUE T'AS CHANGÉ TES SILENCIEUX, SI TU VEUX PASSER TA BRÊLE EN STAGE 1, IL TE FAUT UN NOUVEAU FILTRE À AIR ET REPROGRAMMER L'INJECTION...
OK, TU CONNAIS QUELQU'UN QUI POURRAIT FAIRE ÇA ?
VA CHEZ JACKY, C'EST UN BON ! D'AILLEURS C'EST CHEZ LUI QUE LES NASTY CROWS FONT ENTRETENIR LEURS BÉCANES.
AH OUAIS ? LES NASTY CROWS? ÇA C'EST DES VRAIS BIKERS!
33

TIENS, TIENS ?!
NASTY CROWS FRANCE
PARKING RESERVÉ
ROUTE 66
PRIVÉ
BONJOUR !
QU'EST-CE QU'IL VEUT, LUI ?
JE ME RENDAIS CHEZ JACKY ET EN PASSANT J'AI VU VOTRE LOCAL.
C'EST PRIVÉ ICI, ALORS MAINTENANT TU DÉGAGES !
EN FAIT, JE VOULAIS SAVOIR QUELLES SONT LES CONDITIONS POUR INTÉGRER VOTRE CLUB.
DEUX PHOTOS D'IDENTITÉ, UN JUSTIFICATIF DE DOMICILE ET UN CHÈQUE DE QUINZE EUROS.
OH ?!
C'EST TOUT ?
HAHAHAHAHA !!
T'ES CON, GREG !
AAAAAAAAAH !!
?
C'ÉTAIT QUOI, CE CRI ?
C'EST RIEN, T'OCCUPE !
ON T'A DIT DE TE BARRER !!
AAAAH ! PITIÉ !
HÉ !! REVIENS ICI !!
ÇA VIENT DE LÀ.
?!?
34

?
?
RICE BURNER
D'OÙ IL SORT, CELUI-LÀ ?
DÉSOLÉ ROCCO, IL VOULAIT SAVOIR COMMENT FAIRE PARTIE DU CLUB ET IL A ENTENDU GUEULER.
MAIS C'EST HORRIBLE ! QU'EST-CE QU'IL A FAIT ?
IL ROULE EN CUSTOM JAPONAIS. CES MECS-LÀ, ON LEUR CRAME LEUR BÉCANE ET ON LEUR COUPE LES COUILLES.
D'AILLEURS C'EST TOI QUI VAS LE FINIR, CE SERA TON PREMIER TEST POUR ENTRER DANS LE GROUPE.
TOUT COMPTE FAIT, JE VAIS PRENDRE LE TEMPS DE LA RÉFLEXION. JE NE VAIS PAS VOUS DÉRANGER PLUS LONGTEMPS.
T'EN SAIS TROP MAINTENANT ALORS TU FAIS CE QUE TE DIT LE CHEF !
PAF !
PAF !
POUF !
RATTRAPEZ-LE !!
OH, PUTAIN, JE SUIS DANS LA MERDE !
NASTY CROWS FRANCE
NASTY CROWS FRANCE
35

VROOAM!
VROOAAR!
TUUUT!!
CRIII
VROOOOOAAA
KAÏ! KAÏ!
MERDE! MERDE! MER...
?
KLANG!
BLING!
OUILLE!
HAUT
FRANCE
CETTE FOIS ON LE TIENT!
NON! PITIÉ! PAS LES COUILLES!!
36

PAS LES COUILLES! PAS LES COUILLES!
PAS LES...
OH? C'ÉTAIT JUSTE UN CAUCHEMAR! PUTAIN, LE FLIP!
QUAND TU AURAS FINI DE GIGOTER TU POURRAS NOUS PRÉPARER LE P'TIT DÈJ?
REGARDE-MOI TOUS CES POILS DANS LES OREILLES...
ON DIRAIT MON GRAND-PÈRE!
ET MOI ALORS? J'AI ENCORE DE NOUVELLES RIDES. AHLÀLÀ, IL FAIT PAS BON VIEILLIR!
MAIS NON, TU ES TRÈS BIEN! TU ES BELLE...
BZZZZ
COMME UNE HARLEY!
AH, PARLONS-EN! POUR LE PRIX DE TA MOTO, J'AURAIS PU ME PAYER UN LIFTING...
BZZZZ
ET ME FAIRE REMONTER LES FESSES ET LES SEINS.
ET APRÈS, ELLES DISENT QU'ON LEUR FAIT JAMAIS DE COMPLIMENTS!
BZZZZ
J'ESPÈRE QU'ON EN A PAS POUR LONGTEMPS CHEZ TON JACKY.
NON! J'AI JUSTE BESOIN D'UN DEVIS.
ENTRETIEN
REPARATION
PREPARATION
JACKY GREY
CUSTOMISATION
SPECIALISTE HD
VROOM
PATATO
PATATO
37

HARLEY DAVIDSON
MOTUL
BONJOUR! JE CHERCHE JACKY.
AU FOND DU BOUCLARD, DANS L'ATELIER.
BONJOUR!
SALUT!
QU'EST-CE QUE JE PEUX FAIRE POUR TOI?
JE VOUDRAIS PASSER MON ROAD KING EN STAGE 1. C'EST MON BEAU-FRÈRE, ALAIN CALZONE, QUI M'A CONSEILLÉ DE TE VOIR.
J'SUIS À TOI DANS DIX MINUTES.
GÉGÉ, SERS-LUI UN CAFÉ!
MERCI!
ÇA FAIT LONGTEMPS QUE VOUS ROULEZ EN HARLEY?
20 ANS!
MOI, 34 ANS!
WOAW! NOUS, ÇA FAIT SEULEMENT UN MOIS!
JE PARIE QU'ELLE VA ENCORE ME FAIRE PRENDRE LA HONTE.
MAIS J'ÉTAIS DÉJÀ MOTARD AVANT!
IL AVAIT UNE 125!
GAGNÉ!
CROWS
38

QU'EST-CE QUI FAIT QU'ON DEVIENT UN NASTY CROW ?
ON LE DEVIENT PAS, ON L'A TOUJOURS ÉTÉ. ON EST PAS DES MOUTONS, ON EST DES REBELLES!
OUAIS! ON EST DIFFÉRENTS!
VOUS AVEZ TOUS UNE HARLEY, VOUS PORTEZ TOUS LA BARBE OU LA MOUSTACHE, DES TÊTES DE MORT, DES TATOUAGES... ELLE EST OÙ VOTRE DIFFÉRENCE?
EUH! TANIE! SI TU ALLAIS FUMER UNE CIGARETTE DEHORS?
C'EST PARCE QU'ON EST UN GROUPE UNI, UNE FRATERNITÉ!
OUAIS! UN GROUPE QUI CRACHE SUR CETTE **SOCIÉTÉ DE MERDE!**
C'EST POURTANT CETTE SOCIÉTÉ QUI A PERMIS DE VOUS CONSTRUIRE DES ROUTES, FABRIQUER VOS MOTOS ET PRODUIRE LA BIÈRE AVEC LAQUELLE VOUS VOUS SAOÛLEZ !!
BLORP!
NASTY CROWS
MAMOUNETTE
PAPOUNET
1965-2012
À NOS PARENTS LÂCHEMENT ASSASSINÉS
HA! HA! HA HA! HA! HA!
ELLE M'PLAÎT TA GONZESSE!
HÉ! HÉ! MOI AUSSI. C'EST POUR ÇA QUE JE L'AI ÉPOUSÉE
ILS SONT PLUTÔT SYMPAS CES NASTY CROWS.
C'EST DES GARS HYPER COOL...
LES GENS SE FONT TELLEMENT DE FAUSSES IDÉES À LEUR SUJET.
BUELL
39

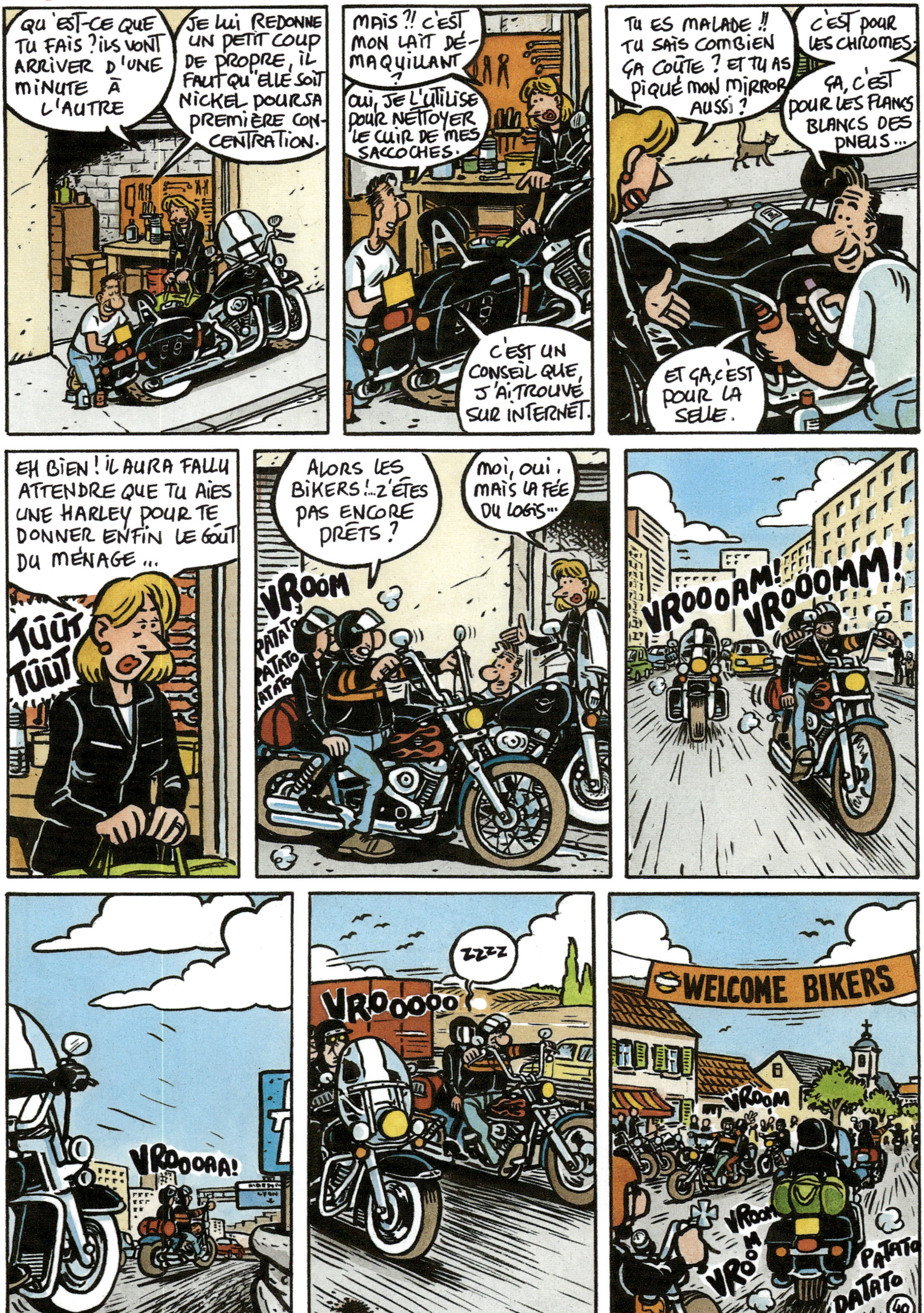
QU'EST-CE QUE TU FAIS ? ILS VONT ARRIVER D'UNE MINUTE À L'AUTRE
JE LUI REDONNE UN PETIT COUP DE PROPRE, IL FAUT QU'ELLE SOIT NICKEL POUR SA PREMIÈRE CONCENTRATION.
MAIS ?! C'EST MON LAIT DÉMAQUILLANT ?
OUI, JE L'UTILISE POUR NETTOYER LE CUIR DE MES SACCOCHES.
C'EST UN CONSEIL QUE J'AI TROUVÉ SUR INTERNET.
TU ES MALADE !! TU SAIS COMBIEN ÇA COÛTE ? ET TU AS PIQUÉ MON MIRROR AUSSI ?
C'EST POUR LES CHROMES.
ÇA, C'EST POUR LES FLANCS BLANCS DES PNEUS...
ET ÇA, C'EST POUR LA SELLE.
EH BIEN ! IL AURA FALLU ATTENDRE QUE TU AIES UNE HARLEY POUR TE DONNER ENFIN LE GOÛT DU MÉNAGE...
TUUT TUUT
ALORS LES BIKERS !...Z'ÊTES PAS ENCORE PRÊTS ?
MOI, OUI, MAIS LA FÉE DU LOGIS...
VROOM
PATATO PATATO PATATO
VROOOAM!
VROOOMM!
VROOOAA!
ZZZZ
VROOOOOO
WELCOME BIKERS
VROOM
VROOM
VROOM
PATATO PATATO
40

T'AS VU TOUS CES SPECTATEURS, BÉBÉ? ON EST DES STARS!
BIKERS GO HOME
VROOM PATATO WOUUHOUHOU! VROOAAR VROOM PATATO
VROOM
PATATO
PATATO PATATO
ATTENDEZ-MOI LÀ, JE VAIS CHERCHER LES CLÉS DU BUNGALOW.
PRENDS TOUT TON TEMPS!
PATATO VROOM
PATATO PATATO
WAH! SYMPA LA PIAULE!
IL Y A TOUT L'CONFORT!
BON, LES FILLES, ON VOUS LAISSE GÉRER L'INSTALLATION, NOUS ON VA FAIRE UN P'TIT TOUR!
HEP! HEP! HEP! PAS QUESTION DE TOUT SE TAPER, COMME À LA MAISON!
NOUS AUSSI ON EST EN WEEK-END!
J'TE L'AVAIS DIT, FALLAIT PAS EMMENER LES BONNES FEMMES!
JE PRENDS QUOI? COQUILLETTES OU SPAGHETTIS?
JOSIANE, C'EST COMBIEN LES CÉRÉALES "BONTRANZIT" AU SON?!
C'EST DES CONSTIPÉS!
PROMO
12 BIÈRES KRÖNANTER
12 BIÈRES KRÖNANTER
41

WHERE IS THE MAIN ENTRANCE, PLEASE?
DÉSOLÉ, JE NE PARLE PAS UN MOT D'ANGLAIS.
EH BIEN MOI, JE ME SUIS FAIT MON TATOUAGE TOUT SEUL, DEVANT LA GLACE !
ÇA DOIT ÊTRE FATIGANT DE ROULER AVEC UN APE HANGER ...
J'VOUS JURE, M'SIEUR, QUAND JE DISAIS "T'AS VU LE GROS BOUDIN À L'ARRIÈRE ?" JE PARLAIS DE VOTRE PNEU.
PATATO PATATO
TU VAS QUAND MÊME PAS TIRER LA TRONCHE TOUTE LA JOURNÉE !
I DON'T LIK
WARM BEER
COLD WOMEN
ASS HOLES
NON, C'EST PAS ÇA, J'AI MAL AU VENTRE, IL FAUT QUE J'AILLE AUX TOILETTES.
TIENS, VOILÀ TES COURSES ! ON PEUT Y ALLER MAINTENANT ?
UNE DERNIÈRE CHOSE, AIDE-MOI À OUVRIR LA FENÊTRE COULISSANTE DE LA CHAMBRE, ELLE EST COINCÉE.
POUSSEZ-VOUS !!
CHÉRI ? ÇA VA ?...
NON, JE CROIS QUE J'AI UNE GASTRO ...
AAYAÏE !!
IL S'EST COINCÉ LE NERF SCIATIQUE.
HO ! NON !
PAS ÇA !!
PAS MAINTENANT ! AYAÏE !

ILS SONT MARRANTS, EUX! ON ALLAIT QUAND MÊME PAS RESTER AU BENGALOW À REGARDER LA TÉLÉ !
EN PLUS, ON EST SYMPAS, ON LEUR FAIT DES PHOTOS.
ÇA FAIT DES MOIS QU'ON PRÉPARAIT CETTE CONCENTRATION ET ON SE RETROUVE COINCÉS LÀ, COMME DEUX CONS... ÇA FAIT VRAIMENT CHIER !
SCIATOX
JE TE LE FAIS PAS DIRE !
DIARESTOP
HUM ! LE MAUVAIS GRAS, Y A RIEN DE MEILLEUR !
NE RESTONS PAS LÀ, ON SE PREND TOUTE LA FUMÉE DU GRAILLON.
ICI, C'EST PAS MIEUX !
HARLEY DAVIDSON
LA ROUSSE, JE SUIS SÛRE QU'ELLE A DÉJÀ REÇU UN PRIX AU SALON DE L'AGRICULTURE...
LA BLONDE, JE PARIE QUE C'EST DES IMPLANTS !
ET LÀ, C'EST QUOI ? LE CONCOURS DE LA MOTO LA PLUS MOCHE ?
CLAP
CLAP
CLAP
CLAP
I'M ON MY WAY TO THE PROMISED LAND I'M ON THE HIGHWAY TO HELL
43

DEBOUT TAS DE FEIGNASSES, C'EST L'HEURE DU DÉPART !
Y A LES BAGAGES À PRÉPARER !
J'EN ÉTAIS SÛR, ELLES N'ONT PAS PRIS DE PHOTOS DU CONCOURS DE SEINS NUS !
JE VOIS QUE VOUS AVEZ RETROUVÉ LA FORME.
CET ENDROIT VA ME MANQUER.
OUI, C'ÉTAIT UN CHOUETTE WEEK-END !
C'EST POUR AUJOURD'HUI OU POUR DEMAIN ?!
QUELQUES JOURS PLUS TARD...
C'EST LA PLUS GRANDE CONCENTRE D'EUROPE. ON VA S'ÉCLATER ... ET CETTE FOIS, PAS DE NANAS !!
HARLEY DAVIDSON BIKE WEE
GÉNIAL ! ON SE RAPPELLE !
BYE !
?
EH BIEN ! TU AS L'AIR DE BONNE HUMEUR.
OUAIP ! HÉ ! HÉ ! BON, JE FAIS UN SAUT À LA PHARMACIE...
À TOUT' !
NE VOUS FAITES PAS DE SOUCI, ÇA VA BIEN SE PASSER.
VOILÀ ! BONNE JOURNÉE !
MERCI !
TENEZ, MONSIEUR CARRÉ EN A DÉJÀ FAIT UNE, LUI.
CE MONSIEUR DOIT PASSER UNE COLOSCOPIE... QU'EST-CE QUE VOUS POUVEZ LUI CONSEILLER ?
ROAD KING CLASSIC, SANS HÉSITER !
ET SI C'EST POUR UN USAGE URBAIN, SPORSTER FORTY EIGHT !
BORN TO BE WIiiiiiiiLD !
?
?
F. MARGERIN M. CUADRADO
44

FIN

Des mêmes auteurs

MARGERIN/CUADRADO

aux éditions Fluide Glacial

Je veux une Harley - tome 1 : La vie est courte

aux éditions Dargaud

Je veux une Harley - tome 2 : Bienvenue au club
Je veux une Harley - tome 3 : La Conquête de l'Ouest
Je veux une Harley - tome 4 : Harleyluia !

MARGERIN

aux éditions Fluide Glacial

Lucien (11 tomes et 1 intégrale)
Manu
Frank Margerin présente...

aux éditions Albin Michel

Y a plus d'jeunesse
Momo le coursier
Momo roule toujours
Momo, le grand saut

CUADRADO

aux éditions Casterman, dans la série Norma

Libido Fortissimo
Catastrophe naturelle
Non, mais tu t'es vue ?

aux éditions Dupuis, dans la série Parker et Badger

Duo de choc
Oups !
Passage de blaireaux
Restons zen !
Mon frère, ce blaireau
Jobs-trotters aux U.S.A.

aux éditions Dargaud, dans la série Parker et Badger

Cache ta joie !
Ça t'amuse ?
Attention à la chute !
Jobs de blaireaux
Blagues appart'